CÍRCULO *Luna Parque*
DE POEMAS *Fósforo*

Uma volta pela lagoa

Juliana Krapp

9 Meu pai
12 Uma volta pela lagoa
17 As bonecas
21 Subúrbio
22 Resgate de Eurídice
23 No ano da gripe
26 Caju
28 Degraus de Colônia
30 Bandeira
33 Limite
35 A estrutura íntima das horas
36 Av. Brasil
37 Enseada
38 Casa
42 O amor morreu
44 Planos
45 Poética
47 Propriedade
48 Escritura
49 Steel
50 Pretexto

51 Percal

52 Aos sábados

56 Romance de formação

59 Dúvida

61 O que é realidade o que é ficção

67 Tanto faz

69 Ana C.

71 Método

73 Reta

74 Roteiro

76 Ladeira da Glória

78 Atributos

80 Conversa séria

82 Tipografia

84 Gavetas em dias difíceis

87 In natura

88 Nada mais

90 Ato contínuo

92 Punção

94 A questão

97 [*Uma voz interior*]

À memória de Cléia Roza Guajará

Meu pai

usava embornal catava sucata serrava
madeira úmida de onde pendiam larvas e insetos e
resinas endurecidas que às vezes guardava para
me mostrar salientando os matizes e o hipnótico rizoma
que se encravava no centro daquela porcariada meu pai
gostava de construir barracos
que eram quartos
e também pequenos ferros-velhos muito embora
a ideia de clausura anule naturalmente a de
ferro-velho mas meu pai
fazia isso edificava
cômodos para aprisionar miudezas e enfileirava pregos
    na parede que era ora
de madeira ora de adobe ora de papelão
e me ocorre agora que pregos não podem aderir
ao papel ainda que seja papelão mas meu pai
fazia isso de alguma forma e nos pregos pendurava
    sacolas plásticas
de mercado dentro delas mais pregos parafusos estopas
    sementes
ferrolhos cápsulas guizos cadáveres
de objetos todas as manhãs
meu pai com os jornais embrulhava a marmita com a bolsa
de feira aninhava o revólver com a bengala
substituía a perna defeituosa com a carne esponjosa ao
    topo do nariz escondia
o tumor que não apenas crescia em si mesmo como fez
    crescerem em meu pai
os dedos as juntas o coração as artérias

do cérebro pegava o ônibus subia a serra se embrenhava
no mato frequentemente meu pai
sumia falava a palavra "córrego" lambuzava-se de
     melado atirava para o alto queria
afugentar o mal e então criava bezerros me sentava
à sombra dos carrapichos usava botas
para tratar os porcos ia à feira
para negociar cavalos e um dia me trouxe um macaco
preso numa gaiola foi fantástico foi terrível porque o
     bicho
se masturbava nunca soube
que fim teve meu pai
acumulava gaiolas pois além de pregos e tralha velha
prendia passarinhos às vezes cobras
que exibia aos amigos no fundo da garagem também
capturava lagartos que cozinhávamos e era como carne
     de frango me
diziam como diziam
que não confiasse em ninguém que leite de égua
era bom para os pulmões o sangue
do meu pai corre em mim como corre o medo
de que me pegue em flagrante minha vida
tão promíscua aos olhos dele tão íntima
da crosta a crescer ao redor dos pregos meu pai
guardava a farda atrás da porta da cozinha também
     num prego também
presa resguardada em sua inútil
persistência o cassetete o quepe a infantaria a
cova rasa que talvez tenha crescido no mato o tiro
certeiro no cão doente os tubos que se ligavam ao corpo
do meu pai sempre que ia ao hospital pareciam os
     mesmos meu pai

gostava mesmo era de desaparecer por entre os
    eucaliptos e ouvir
o assovio dos bichos por trás da ordem a preservar da
    moral
a perseguir meu pai enterrou
a faca bem na testa do cabrito eu vi o mesmo lugar
onde nele crescia o tumor eu ouvi o urro eu vi o sangue
brotar instantâneo eu ajudei a segurar
as patas enquanto a faca rasgava o ventre e a força do
    meu pai
trazia à tona as vísceras achei
que deveria ter orgulho comemos a carne o sangue
do meu pai talvez tenha derramado
sangue alheio a memória fugidia o rastro de violência
se insinuando no cicio dos matagais no que sei
e no que não sei
sobre meu pai

Uma volta pela lagoa

É a única coisa que fizemos juntos
de verdade muito embora você não possa ver
aí de dentro
como tudo é profusão e se move
em ritmos diferentes
mas ao mesmo tempo
sujeitos
ao fluxo desabalado
dos atritos

Como a tarde se revolve furiosa
em revoadas, ribanceiras
jasmins manga e oitis, rumorejos
de aves dispersas, manguezais
retendo destroços e as profundezas
da água, podridão
    antiga

Estou seguindo em velocidade mais baixa que o normal
talvez para te proteger
o que não faz sentido
algum amanhã você não vai mais existir será
apenas um pouco de sangue
extraído de mim como fazem
os homens ao sugar do chão
o petróleo penso
se o que sairá
é mesmo sangue
do meu sangue decerto

substância se avolumando em coágulo e estigma a contagem
de hormônios única prova
de uma vida
que não houve

Não houve

Não houve

Não houve

Folhas crepitam sob as pisadas
O pescador lança a tarrafa e logo
tudo é teia remoinho espasmo
de suspense a carne
do mundo
exibindo suas garras

Tudo poderia se quebrar
se não corresse
o sangue ou a água
subterrânea as nuvens
e a violência
dos mergulhões bicando a umidade
para devastar pequenos corpos

Eu nunca vou poder tocar em você

Você sequer chegará a ter pele

Não vai descobrir como as superfícies
humanas trincam e ardem e pinicam e

sentem
o tempo todo
inacreditavelmente
sem descanso

Não poderei te ensinar
a arrastar os dedos pela terra pelas frinchas
e fissuras pelos
cabelos de alguém

como é difícil
se sentir em casa

ou como as coisas mortas
se misturam incessantemente às vivas

e ainda como as vivas
devoram as mortas
tramando
o que entendemos como ordem

Você nunca saberá
como os troncos das figueiras imitam as pernas dos
    ciclistas
quando se enlaçam
ao cair da noite

Não, você
não sabe nada sobre a vida

Eu também não

Mesmo assim disse "seja bem-vinda"
à sua irmã assim que cruzei
com aqueles olhos úmidos
e abissais
de quem sente a pele de outra pessoa
pela primeira vez

Remadores criam distúrbios mas não ondas
Passantes eriçam a grama e sorvem o cheiro denso dos
   abricós
Todos eles — e também os atletas e as crianças os
         ambulantes e as famílias com seus cães —
correriam se começasse a chover
Todos eles
acalentam seu ninho ardente
de caos a mistura perigosa
de mesquinharia
e disposição para a vida

Muitos deles me apontariam o dedo
e me chutariam para fora

Eu que
amanhã seguirei sozinha
compartilhando com incontáveis mulheres
o mesmo silêncio incrustado há séculos
ao redor do sangue que fazemos escorrer
em segredo

em segredo

em segredo

Você vai deixar de existir

Nunca terá existido

Mas enquanto eu viver
sempre terei guardado em mim
o horror pontiagudo desse silêncio
sobre você
a me arrebentar os ossos todas as vezes
em que passar pelo claro-escuro
do parque de figueiras à beira d'água

As bonecas

Quando meu bisavô retornou da roça à casa
naquele dia o primeiro dia
de sua vida de casado
não encontrou a mesa posta
camisas engomadas cômodos limpos

Em vez disso
encontrou minha bisavó brincando de boneca
o que tem sido narrado às risadinhas
pelas gerações seguintes
até a história chegar a mim eu que desde criança
tento imaginar como eram aquelas bonecas
com as quais brincava minha bisavó

Se por acaso tinham pele de trapo encardido e vísceras
    de palha (decerto)
se tinham cabelos
feitos de cabelos de milho (decerto)
se os olhos eram arregalados (decerto)
como costumam ser os olhos das bonecas de quase todos
    os tempos e lugares e como
provavelmente eram também os olhos da minha bisavó
ao ser estuprada naquela mesma noite a primeira noite
de sua vida de casada

Só depois de adulta
pude refletir sobre como é desafiador ceder
à função nomeadora da linguagem
que os poetas em geral e os contemporâneos em particular

preferem rechaçar em benefício
do jogo de sombreados que amplia o mistério em torno disso
que chamamos arte poética

Nunca poderei saber
que nomes minha bisavó atribuía às suas bonecas
tampouco que tipo de encenações executava
sobre a terra batida de sua nova sala
na companhia de filhas ou amigas ou mães ou irmãs
    imaginárias
a quem talvez servisse chá ou sopa imaginária
enquanto no fogão a lenha logo ao lado nenhum fogo
crepitava nenhuma panela cozinhava
comida de verdade como decerto era
a expectativa de meu bisavô
enquanto lavrava o solo e pastoreava o gado

Talvez nunca consiga me decidir
se podemos nomear de estupro o fato
de que há tantas décadas
o casal composto por um homem de trinta anos
e uma menina de catorze
mergulhou em sua primeira noite na casa
cercada por escuridão e ruídos da floresta
por montanhas contendo pastos
pastos se desdobrando sobre a mata
nascentes e córregos e represas e açudes
atiçando a cobiça pela terra
e se infiltrando no sono

Tenho dificuldades com nomes
sejam eles próprios ou comuns o que delimitam

jamais irá representar a trama de volúpias o impulso
de mutações que se avolumam no escuro
indecifráveis cruzamentos de sons e de águas
correndo do lado de fora
em contraste com o abandono das bonecas
de olhos esbugalhados a encarar
as ripas do teto ou o barro do chão
tão semelhantes à minha bisavó
e seus dois olhos redondos
fitando
aquela noite a primeira noite
em sua nova cama

Quando meu bisavô foi assassinado
minha bisavó não tinha mais catorze anos já tinha
dezessete e decerto aprendera
a alimentar a cerzir a esfregar e a amamentar
pois tinha dois filhos
naquela noite em que se casou de novo
e teve de aprender também a ler os jornais em voz alta
enquanto acendia o fumo
para seu novo porém segundo marido
que gostava muito de saber as notícias mas não apreciava
lê-las com os próprios olhos admito
que essa parte da história não me interessa tanto as bonecas
em minha memória inventada já haviam saído de cena

Prefiro a essa altura pensar no piano
que minha mãe teve que vender aos quinze, convencida a
    se casar
ou na carta de despedida que minha tia-avó deixou e que
    foi rasgada em pedacinhos

quando, aos vinte, fugiu do marido com um marinheiro
   de baixa patente
e ordenaram que fosse dada como morta
para que ninguém
no futuro
jamais pudesse saber seu nome

Subúrbio

Pedaço de pau réstia
ante o arame farpado
barras de ferro cabo de vassoura
com um preservativo na ponta
o vasinho de poá a tessitura
arandelas iluminando buganvílias cheiro
de esgoto no corredor estreito um remanso
por detrás do portão
sempre um casal
em flagrante ele molha o dedo
nela o chinelo esturricado concreto nu
amiantos e secura gatos
elétricos ninhos
de fiação borracha queimada tanta alvenaria
atiçando o barro de onde viemos alameda
repleta de empecilhos às vezes
abre-se ao langor às vezes
cápsulas
amanhecem entre as folhagens
às vezes trama
do mundo impõe pipas:
      coroação e prumo
      ardências que irrompem
      e proliferam

Resgate de Eurídice

Não havia ainda metrô, cinematógrafo, neon
retido na névoa. O jeito
era burlar as regras, vencer o rio serpeante
        o desejo a chiar sob a couraça

E então lá está ele: o inferno
        não muito diferente do que é hoje

Onde há sempre a trama de vapores e uma mulher
que acaba de chegar
com seu corpo envenenado

Onde o ritmo e a órbita
atiçam a índole do olho: fixar o amor
na forma de um inseto se debatendo contra o vidro

No ano da gripe

Há quem se lance às coleções
e aprendizados há quem estude
os próprios ritmos eriçados pelo tempo

Já nós
cultivamos apenas o hábito
de colar o ouvido às conchas

procurando
desentranhar um uivo uma fenda uma
possibilidade de voz talvez a única
que ainda ressoe

Colamos o ouvido às conchas
porque é irresistível
perscrutar o abissal
depois que já foi corrompido
e trazido à superfície
em forma de adereço um tipo
de relíquia que em nada lembra
o fato de ser também sepulcro invólucro
nacarado desterrando-se
desde as bordas

Colamos o ouvido às conchas
que foram extirpadas do fundo
alvoroçado de uma alteridade

e viajaram até aqui
para restituir eloquência

ao canto canônico em que ainda pulsam
balbucios e luminescências a memória
de outras vidas

Eu mesma catei uma delas, digo
à minha filha é como colher uma flor e então
ser surpreendida
pela impossibilidade de detê-la com o que guarda de
    arisco uma flor
que contém som no lugar de seiva

Colo o ouvido às conchas e atesto
que prosseguem respirando
As paredes permanecem tensas: hirtas
À nossa volta as pessoas morrem
como afogadas mesmo longe do mar a asfixia
prolifera cada vez mais rápido infiltra-se
nos interstícios e chispas nos charcos
que fundam os atritos

E então nós nos escondemos

e colamos o ouvido às conchas
para intuir
o bailado das algas abraçando a quilha
do naufrágio o trânsito de cardumes
diante das escotilhas a delicadeza
de uma atmosfera sem gravidade
nem jorros de sangue

Eu colo o ouvido à concha
porque preciso roçar a boca de alguma fundura

e extrair dela não o hálito mas o que vem depois talvez
possamos chamar um jogo submersão
de um mundo noutro mundo

Colamos o ouvido às conchas
buscando o cerne
do que seja casa a coisa
ainda viva
apesar de morta o rebentar
esponjoso dos arrecifes ao redor de onde nadamos
lábios inchados de sal
querendo casa mas não qualquer casa querendo
o jugo das torrentes não a cadência o soco
da onda batendo na rocha eu colo
o ouvido à concha
procurando espelho
a casa dentro da casa meu reflexo
tão íntimo do labirinto feito casca a casca
provendo o rangido
que vem do vento sobre os abismos

Eu colo o ouvido à concha
para lembrar que tenho dentes
e que

o que guardam
ainda guardam hoje
muito vivo
e teso brilhando

apesar de morto

Caju

seria apenas ausência de arredores
    ou respiração que oscila
se não houvesse o tino para o desamparo tendência
à beleza de fundo com
seu arreganhar sob o aramado a lonjura
interior ao aço o músculo preso à fragata o arremesso nas
docas entre platôs onde navios
apodrecem à deriva das reentrâncias cais
em chaves nervuras estalos recortes
litorâneos angra em que se insinuam
agentes narrativos incapazes de identificar
a estiagem e o sinal dos tempos
nas amuradas onde a sanha da língua perscruta
válvulas recorrentes rastilho de turbinas e granéis força
bruta maquinário que intumesce o degredo
todo líquido a conspiração a delicadeza
do gesto de içar a noite escrava
das circunstâncias alguém segura
outra mão a põe no peito temendo a face
invisível das embarcações a água que cresce
como germe escuro ao redor calafrio
ante a morte ante aquilo que reverbera
manchas de sangue sob os tonéis o úmido
tornado negro na borracha onde se meteu a saliva onde
disseram que toda súplica implica renúncia onde
    escotilhas
roçam afogamentos fissuras rompendo a borracha
    penínsulas
de orifícios deitando óleo abrindo símiles

de cartilagem e mesmo este apito há tanta
impostura sob os cascos enquanto esperam
assolam de frios a linguagem que é preciso
reconhecer em surdina como se reconhecem nos álcoois
    rajadas de acalanto ramagens do ferro a vida
à mercê dos carregamentos a pele
espraiando outras peles a história que embarca betume
    e lodo tudo
se transformando em visgo remoinho coriza
a invadir a matéria ilha debruçada sobre a sujidade
de onde partem rios onde chegam traças
hangares de coisa mole repicando a vista em movimento
    homens
encapsulados sob o metal mercadorias
não de todo alheias às marés e ainda as frases-desenho
    o concreto a árvore
que irrompe e definha pela fresta da via a velocidade
que impede a tirania da vista o aleatório
rompante de senhas nesga de mar
insidioso que nada retém nem desloca o mar
tão íntimo e irreversível
debruando a passagem

Degraus de Colônia

Fiapos de tecido nos galhos dos plátanos
O rio enorme. Foi o que você fotografou
pousado sobre as ripas do deque
como uma rocha
uma exigência do tempo
ou o pensamento
que ainda era puro como um vaso
batismal
se intrometendo na mata

Nas silhuetas matizes terrosos empreendiam
sua busca perpétua
por apaziguamentos
Línguas estrangeiras e embarcações luziam
como luxúria. Bulbos, capim, vegetação
displicente eriçava os telhados mesmo raízes
rebentam ante o interdito havia torres mas não
havia nada nem ninguém
que pudesse culminar em vista
ou rompante de descobrimento
Talvez fosse simples ter acesso
aos degraus. Talvez não. Nenhuma
possibilidade de enfiar a unha sobre a casca
fazer trincar a contenção
para desmantelar a inteireza
viscosa da gema

Você me escolheu para dormir ali
incrustada

no mesmo oco onde florescem as oratórias
e se enregelam as superfícies adormecer sob a mira
de casarios obliterando destroços o lugar
perfeito para escandir
a marcha do mundo — expansão
     e extravio

É engenhosa afinal
a indolência do olhar
à mercê da história
com todo aquele fio
d'água rente às canaletas
de mais uma península
que conhecemos tão pouco

Bandeira

Você pode recortá-la em tiras longitudinais
forjar fibras
e trançá-las em nós cegos à maneira dos marinheiros
criando cordas a sustentar roldanas
para verter água
dos poços artesianos e açudes onde também bebe
o gado quando não há seca mas
essas mesmas tripas
entrelaçadas podem constituir instrumento
de tortura ou de suicídio então se omita
caso perguntem com quantas delas
é viável fazer um feixe de fios torcidos arrecife
para delimitar os sulcos de lama
onde repousam a céu aberto
dejetos sem tratamento de tantos milhões de pessoas
   você pode
deixá-la intacta
e insultá-la fazendo respingar sobre o poliéster
muito de seu próprio ego a arte
não necessariamente engajada apenas fluida
imaginação individual um teste
do quão longe é possível chegar
preservando o plexo de artimanhas subjetivas
em contato com o espírito do tempo você pode
enovelar muitas delas e fazer cabos
para o intercâmbio de cigarros e demais itens
de grande necessidade caso esteja na prisão
em algum momento dos próximos anos outra ideia
seria deitar sobre ela em dias ruins

deixar a marca da sua genitália
dedos engordurados o santo sudário uma mensagem
numa garrafa quem sabe um dia
alcance o futuro eles podem
inventar um cadafalso
de design avançado encimá-lo
com as cores do patriotismo nos espetáculos
de suplício talvez testar
novas dobragens para inseri-la
tal um barco em origami no útero das mulheres
fazê-la abrir velas tão logo se aproprie
daquele remoto interior
onde irá sempre lembrar
um suvenir de viagem você pode
usá-la como trama para mordaças
e cabrestos impedindo seus amigos de darem tiros
no próprio pé mas eles podem
sobretudo estirá-la no assoalho
onde fazem as execuções e então logo será a imagem
autêntica de um país pacificado a firmeza o arrojo
da pátria a acolher o imobilismo você pode
usar um estilete sobre base sólida para recortar as
    estrelas
e pregá-las na blusa à moda do Terceiro Reich
atestando sua impureza com os furos
na malha você pode replicar máscaras
de flandres algo inofensivas até
de certo modo carnavalescas não importa a intenção
    basta
o aproveitamento máximo dos investimentos o tecido
feito espinha dorsal
duma grande salamandra

que pode ser exaltada num feriado nacional
de adoração ao mérito
daqueles que se esgueiram sinuosos
em nome da família eles podem
usá-la como mortalha
que esconda as escaras os tiros os estiramentos
na pele de quem foi abatido
ainda criança eles podem
estendê-la sobre hectares de terra morta
restituindo verde à cenografia
capturada pelos satélites e tornada verdade
neste novo tempo o tempo
da bandeira
que tremula
sobre nós você sabe
do que estou falando

Limite

Sebe é um acúmulo de varas entretecidas
cerceando
por vezes sim por vezes não

eu sei
do esforço para persuadir
naturezas terríveis

simultaneamente
à graça dos perímetros
que permanecem estanques

(a dor de coabitar
tanto as frinchas quanto os
confinamentos)

Quando rarefeitos, os movimentos
aguardam mais do que a conclusão, preferem
o desdém e o resguardo
ou mesmo esse estalido
(um arquejo)
embalado
pelo embaraço hipnótico
das pequenas sombras

Somente as ventanias são de fato enamoradas
e apenas nelas alijam-se
as imundícies mais profundas

como somente os ramos
estraçalham-se e engravidam-se
num único carretel de músculos em escombros

(um aparelho de tensões
alimentado pelo ritmo
dos sumidouros)

A estrutura íntima das horas

Acontece apenas no mar
de concreto protendido à beira
da estrada e apenas quando a estrada
tem algo de fogo
ensurdecedor:

um lagarto, osso
de candura, rompe
a respiração da tarde, penetra
em todas as substâncias — as rochosas
e as celestes, os líquidos escuros e
sua pantomima de espelhos

Enquanto tudo ao seu redor é ênfase
(profusão de tecidos
lancinantes),
o seu avesso
é puro vidro
ardoroso: quer partir
entreabrir-se em sulcos
lentos, desdobráveis

Você, ao volante, não percebe
mas isso tudo
é como nós dois
juntos
às cinco horas de uma tarde de verão
acovardados
quando há no ar algo de concha,
estiramento, zona cega: a experiência
do precipício

Av. Brasil

o que se salva aqui são apenas
os elementos construtivos:
condutores singelos
traço um para três
cornija

uma secura de mão doente
essa carne nunca sabe
o que é degradado e o que é
desterro
mas impenitentes as platibandas
arregaçam
o que reluz: intempéries
tomadas de assalto
pela ferocidade branca
de um clique

Enseada

o ipê é como um ferro ele disse
as unhas pensas
no ardume da anunciação

sobre o rochedo
as têmporas afogueadas e o flagrante
da mandíbula irreparável do fim
da tarde (hóstia
em terracota)

nessa praia
as ondas enevoadas arrebentam o branco
                os barcos
desabotoam a precisão das linhas
      e as ilhotas, desgrenhadas
      atracam visgos de luz

     aqui, onde

a barbárie já nasce seca
    em seus olhos

Casa

No teto um alçapão
madeirame entrecortado por conduítes
onde o escuro espreita
e os ratos passeiam

A noite exibe as evidências
não há fantasias tampouco haverá
reviravoltas possíveis
Sobre nossas cabeças sob a cumeeira
        no cerne
      vibra apenas
a clausura dos ratos

Não estão conosco vivem além
de nossos crânios
à revelia
dos emaranhados de beleza ou pavor
que se erigem no sono

Entretanto
nossas coisas são suas coisas
e com elas fazem ninhos
onde se embaralham
e proliferam

Sobre nossas cabeças
sem asas
sem remédio
respiram conosco

guincham
e permanecem

Não são como nós
   disparatados
porém sua verdade
é nossa verdade
     — e mesmo eles
     têm um corpo quente
     carne magra esqueleto oblíquo a guardar um único
coração
     exausto ao cair do dia

Mesmo eles
morrem e então fedem
sobre nossas cabeças

Pois quando isso acontece
em alguns domingos
abre-se a portinhola
e a pá retira do escuro um volume flácido
     — a infância estranha
      a ausência de sangue

para à noite voltarmos a mergulhar
juntos
na viscosidade cada um em seu avesso
da casa apartados
pela irmandade impossível

Um pai uma mãe tentam ordenar
que se tornem surdos os ouvidos

que se estanque a todo custo
a corrosão da pureza

(querem dizer com isso
que há simultaneamente
o alheio que é o do outro
e o alheio que nos deve ser
indiferente
    — ante a opressão das paredes
    sobre nossas cabeças
    a alteridade se excita)

Os ratos passeiam

e vem a época de nos caírem os dentes
estranhos inexplicáveis núcleos sem dor
que precisam ser lançados para o alto
rumo ao telhado mourão mourão
leva esse dente embora
e me traz outro bom diz a cantiga
que acompanha o ritual
como recomenda
a etiqueta doméstica
e o folclore desta parte do mundo

Os dentes
embora ainda úmidos
não parecem
saídos de uma boca
talvez de uma fenda ou concha de alguma
cavidade já extinta não
    importa:

serão atirados
à zona secreta
onde poderão permanecer
na companhia dos ratos
mais duradouros que a carne mais longevos
que a opacidade da memória
a preservar mistérios a resguardar
o frenesi
de tão inúteis oferendas

O *amor morreu*

Já há tanto tempo
vocês o enterraram
fundo, bem fundo
não foi na beira da estrada
tampouco no baú dos fantasmas

pelo contrário

foi tão estudado que os anos vêm se acumulando muito
    irredutíveis sobre esse fato

maduros, bons

anos sólidos

recendendo a argila e a madeira
de estacas cravadas no coração do solo

Vocês deixaram no passado
a ilusão de um vocabulário em comum
espraiando-se tão vulnerável
quanto a ideia de casa

o hábito de testar com saliva e ritual
as línguas ariscas do sono

    — coisas que morreram

junto à inocência
de não saberem ainda
como o crescente craquelado
no dorso das próprias mãos denunciaria
o tempo acabando
cada vez mais rápido

Vocês enterraram tudo
fundo, bem fundo

E agora
o golpe desse vento úmido
a varredura do ar quando anseia por água
mais uma vez a força do mês de fevereiro
ressaibo de coisas mínimas que chacoalham
e se rendem à superfície
onde reina o mato alto, o capim bravo, a devoção
da terra pelo sol
e as folhas secas
que sempre ardem aos olhos
para estragar tudo

Planos

Não seria mais possível o requinte do aço
escovado a tristeza mais ordinária a espessura
de um fôlego o atrito
— borracha irreversível —
Mas seria possível que
tendendo ao imagético manchado de
bruta contemplação a manhã
ainda crispada de brechas

(uma oratória
imediatamente predisposta
ao rigor dos acontecimentos)

trouxesse as mãos em concha o sal
entredentes e uma vertigem
à qual se pressentisse a lógica desmesurada a tênue
miopia pousada no ombro tal qual uma fera
aspergindo o soro primeiro a fruta infindável a sede
que não tem mais para onde ir

Poética

o que é ferruginoso nunca será
corrosivo
quantas ideias
podem perturbar
esse lago sem vento? frutas
     na superfície
em desacato
à delicadeza vamos
embora daqui você disse
   não
ainda há reparos a fazer, ainda
o lobo
que habita o fosso do poema
     veja:
se contraio os joelhos
contra o coração
crio uma ponte
imprescindível — emboscada
  itinerante por isso
    mesmo
    insisto
    o ineditismo só cabe
      no factual, este alagadiço
ter em casa um corpo
tão sentimental a ruir
   dificulta amplamente
  a execução das tarefas
     respire:
  ar pródigo de terror

agora sim
vamos
deixar escancarada
a cena do crime
— sulco escarlate
entre as pedrarias

Propriedade

como artifícios tem apenas as asperezas
a corpulência cabível em pavios desfigurados
ou os 28 dias necessários
para que se cure
o concreto
carrega
nas extremidades fissuras
irreparáveis
e, nos olhos,
a cor mirabolante dos abatedouros
mesmo assim

as corredeiras
as sirenes os personagens
estão ao seu dispor
e ainda esse aguaceiro
onde o entreaberto é uma doçura
de tão fundo

Escritura

mosquitada sobre a poça polpa
arrochando o caroço

noites em que a terra se encharca
e os nervos irrompem

para entrever
o viço do casulo
— crânio
moendo
ardiloso

Steel

Pústulas sobreventos arcabouço
     e mirra
é esse o ponto em que a tarde desentranha
todos os nervos purulentos
e urgentes — ouro de tolo aos poucos arrebentando
     do couro cru a anunciação
     mais bruta

quando a sombra do dia é pelúcia
     vermelha
e em vários níveis de fuligem irrompe a perícia
da memória — os seus olhos vidrados
naquela hora a mesma hora que se repete
do córtex ao fogo
indefinidamente

Pretexto

o olho da rua é seco, sarcástico
do mesmo gênero das abotoaduras
e toucadores

de tudo resta sempre o seu mistério virgem
a beleza de íris os ares encardidos a córnea
tal qual um diadema espavorido
sobre nossas cabeças

então ele cruzou a pista sem qualquer melancolia
e travou o zíper sobre a pele

Percal

Manhã: maquete
que aninha a dor
inchaços, e não
feixes
o dia rompe
as regras da luz
a casa fareja
os arredores
enquanto o mar
escapa — massa
sanguinolenta

a noite ainda rasga o olho
língua suja
e vacilante
dentro
do corpo um sol
engalanado desliza
puro terror

manhã: nunca água mas sim
óleo
incrustado ao redor

Aos sábados

1.

Pensar
em como são ardilosas
as coincidências da língua

a palavra flagelo
tão íntima
da palavra folguedo

de forma semelhante
a como também são íntimos
o sol e o sangue

(a afronta do ardor
mesmo quando não há
necessariamente fogo)

sol e sangue

ambos a correr
em seu próprio ritmo

coisas
que podem parecer hospitaleiras
e no instante seguinte te cegar

coisas
talhadas

pelas agruras do lume:
 o abissal
em constante desmazelo

2.

A palavra flagelo
designa tanto a fome
quanto a proliferação de insetos
vírus e rompantes geológicos
açoites e a água suja, a aventura
marítima dos que fogem, sempre à beira
da extinção

A palavra folguedo
embora pouco usada abarca
jogo de cena e homenagem
às encruzilhadas evocação
à memória do desejo para que o desejo
se infiltre e perdure
o talento da pausa
absorver o remanso
para cortejar o dom

ambas as palavras
soam muito íntimas

pulsam

como o sol e o sangue
na língua mater no seio

fibroso das cavidades dos antros úmidos
que moldam carne
da mesma carne

como o sol e o sangue
    derramam-se
— à nossa revelia —

sobre as nervuras do piso as dobras dos objetos
sobre os sexos e as folhagens
sobre as superfícies e reentrâncias
de tudo
que tomam para si
apenas
a passeio

3.

Há uma festa se desdobrando sobre a relva
há diferentes guerras se desdobrando sobre um país
a luz salpica de brilhos o enredo de pernas que roçam
    outras pernas
pés duelam pela prevalência dos sons
depois, sobre o chão pisoteado, vão restar cacos de
    vidro
e farrapos, novelos de matéria orgânica, papéis com
    gordura e batom
fósseis inexplicáveis que a natureza vai demorar
tempos distintos
para decompor

e há também o sol e o sangue
dois pássaros barulhentos
que podem morrer de repente

      duas pontas
de um mesmo rio
lava fumegante e selva
insistindo

eles querem nos cegar

às vezes, pelo menos

o sol e o sangue
orquestrando planos

por onde passam

coisas que não parecem desse mundo
   — mas são

o sol e o sangue
ambos penetrando
     sempre
     com seus ferrões
a palavra flagelo, a palavra folguedo

Romance de formação

Cadáveres por todos os lados

Melhor dizendo: cadáveres
que irrompem pela noite
com a insistência
das florações selvagens
singrando o saibro

Eu os vejo pela primeira e última vez
para constatar que estão sempre dispostos de forma
a parecer semelhantes

      deitados
em paralelo ao meio-fio
dentro do porta-malas
no terreno baldio, sobre a linha do trem
rentes ao faro dos urubus e ao serpear
das ratazanas pelo lixo
misturados aos pés de boldo
e mamona, às garrafas pet, às carcaças
de lataria e aos plásticos
deformados pelo sol

Eram meninos agora parecem frutas:
          volumes
      sempre a um triz
        de romper
em fendas e inchaços, o calor
fazendo tudo amadurecer muito rápido até que
simplesmente caem

Como os sapotis e as mangas
Como o rastro melado dos jamelões

Cadáveres na porta de casa
grumos de sangue
ainda morno
esfregados com vassoura de piaçava água
da mangueira levando tudo embora

Ora amarrados uns aos outros
ora apenas uma cabeça
apartada do corpo ou um corpo
que lembra um tronco
à semelhança da árvore
convulsionada após o incêndio

Quase todos
exibem a carne dilacerada, pele humana
desenrolando-se no longo fio que nunca se rompe
do gozo pela crueldade

Não são garotos, são gambás, afirma
a vizinhança, pupilas crepitantes
pela excitação. Futuros
cadáveres: deitados lado a lado, obrigados
a olhar para baixo, enquanto lhes oferecem
        o espetáculo
        da grande sova

Cadáveres
de boca entreaberta, olhos
opacos mas ainda obscenos

Cadáveres que vão sumir
Cadáveres sempre à espreita
    E eu
    atravessando a rua
    de uniforme escolar
    saia plissada, lenço de pano passado a ferro
    no bolso da blusa
    branquíssima, concentrada
    em obedecer às instruções
    e desviar a vista

Dúvida

Dizer que sonhou com alguém

e nunca saber se isso será interpretado
como mau presságio
sinal de grande estima ou de inveja obsessiva
como um flerte ou como
deslize do qual se arrependerá no instante seguinte
ao perceber
que por distração escancarou as portas
de seu id envenenado

Dizer que sonhou com alguém

que por exemplo nadou com D. entre águas-vivas
na praia imersa
em cerração

que se enervou com J. ao ver os papéis
queimando num hangar sombrio

que estava com A. no ventre da baleia

e por alguns minutos com
C., que deixou marcas de dente
e tufos empapados de sangue nos lençóis

Mas sobretudo

nunca dizer
— jamais —

que no fundo tudo o que sonhou
tem a ver
sempre
com aqueles nós cegos que florescem
na passagem das noites
a nos amestrar com dor

a nos amestrar
para a necessidade da fuga

e, logo, para o voo, para voar
desesperadamente

voar e fazer força
para não cair

voar e não olhar para baixo voar
e evitar

a todo custo encarar
aqueles que ficaram
ao rés do chão
tremeluzindo
anônimos e amigos, decepcionados
sabendo que fujo
porque lhes tomei algo
     tal como eva
devorando
desdenhosa
desde 2 milhões de anos atrás

O *que é realidade o que é ficção*

é um arcanjo ou um subalterno
enquanto se move
um pouco mais pelo tempo
é o assoalho rebentando sob as pisadas
um réquiem
e uma lista de atrocidades
é o ímpeto que move a guilhotina
se for conveniente
para quem afinal
são as sombras eruditas passando
entre glebas de desleixo
é o cão lançado ao esterco
é uma dose disso que você está bebendo
é a coceira ao redor da crosta a ausência
de contrato
é outro o rio que eu procurava
é minha parte favorita do dia
é um homem chamado Stephen
é você?
é tarde demais
é que preciso de um tempo sozinha
é uma porta que ninguém atende
é o alçapão que dá para o sótão
são os desaparecidos
as investigações na floresta
e a fábrica de biscoitos piraquê
pairando ardilosamente sobre o subúrbio
mais do que a do açúcar união
    muito mais

que os trâmites do cortejo
é o que virá na noite como um ladrão
é o que temos em comum
é trinity noutra comédia explosiva
é a lei da gravidade logo
é rugendas
mas não tem ninguém lá
é newton e a maçã
o despenhadeiro rente ao platô
alvíssaras sinuosas e também
seu arcabouço retórico
lua sobre as corredeiras inseto
endemoniado
são teorias e grumos
no caibro que roça a ponta do rolimã
são os anéis de saturno
a ilha da gigoia
o escaldar os gatos
      — mistérios
lamento atrapalhar vocês
são ancoradouros inomináveis como eu disse
não me lembro
entrarei em contato
é emplastro sabiá salompas crina
onde segurar remédio pra berne
em londres e de repente aquela mata
são suplícios
descomunais e a tábula rasa
que atraiçoa na varanda
são homens ao mar
que agora estão submersos
e inapropriados

é eclesiastes com seus versículos
e a hegemonia do nácar é o aviso
de que quero estabelecer os limites
da nossa convivência
lutar com vários desafiantes
correr perigo
na água doce cristalina guelras
sempre à mostra
miríades de ternura
dizer isso é culpa do vício
da barbárie do acórdão
é a realização de um sonho
se fosse verdade você diria
urna lacrada bandeira impertinente
ritos de sangue
derramando poder é o cúmulo
da pouca vergonha
é uma sandice frouxidões
sob o vestido de chita
a mola mestra o ricochete
atabaques
adorando nos quintais e eu estava pensando
no meu coração e no que sinto por você
é o guerreiro de deus
um mês depois
judas iscariotes
o jogo da vida
encarniçado
mas todo mundo faz isso
e minha atenção não será desafiada
você diz que é gentil mas é só
patético

é a mão no húmus da composteira aço
inoxidável produto
da indústria brasileira
é herbert richers oferecendo o leão
que é tão rápido
em sacrifício
só quero que você seja sincero
consigo mesmo
é a luz no fim do túnel é
a reencarnação de alguém
rompante infinito
é que seus poderes estão crescendo
agora que está virando mulher
mocinha
vespa-assassina
barata medusa todo carnaval
saberemos o fim
hosana as referências exatas
da caça ao tesouro do prumo na parede
da laranja mecânica
do torso
arrebatador
sibila o réptil
sibilam símiles
cálida e patriota uma sede
é um dedo
no ventilador
artimanha desdenhosa
bichos à solta
entrevero fatal
é quando checam o playback
o estribilho

o mercúrio cromo
a ordem monumental
ao fim das labaredas
era russo o nome do menino
que morava no buraco quente sua mãe
vendia cloro
de porta em porta o sol
que raia aqui
não raiava lá
depois fui embora ficaram
as revistas playboy
as queridas
crimes hediondos
o sobrenatural da época
só preciso que coopere
então vamos fazer isso
é trabalho
é que podemos tentar outra hora
vão nos demitir
se descobrirem
se for afrontoso demais
se o junco pairar sobre as avencas
se respeitarem a paixão
a equipe não vai gostar
vamos gravar outra tomada
é rádio satélite meus pêsames
era um caboclo castiço
ninguém cumpre o arquétipo
são apenas negociatas
e ele me dá medo
é a goma de mascar o mercado de monstros
cheiros ao deus-dará comunhão

jamais a primeira
são os semblantes rútilos
destroços a pique
o embrulho no antro da cristaleira
as faíscas no chão de brita
à cabeceira, talheres airosos
é um homem da lei
sem distrações vamos com tudo
é um verme
algozes ancestrais
é o quanto me faço vulnerável
enquanto você tem o direito de permanecer calado
é o bornal com o cantil
o revólver a marmita esturricada
turno e contraturno
de atalaia
é quem transa com você e vai embora
é quando soltam os cachorros
e restam apenas
astronautas em perigo pessoas
voltando ao hábito
da rotina
acordar todos os dias
até que acabe

Tanto faz

Eram três ou quatro delas. Inquietas, cheias
daquela penugem verde incrivelmente clichê
Estão pousadas ali, do lado do avesso, jugulares
pulsantes em contato com a imobilidade do vidro

Não, talvez não pousadas, o pouso
não é adequado a aves que parecem
apenas permanecer de cócoras
enquanto aguardam a grande mudança
em sua noção de real
    — rajadas de luz típicas dos trópicos
      sequências inusitadas de frontispícios
        outros seres alados, boqueirões

Preferia que fossem corvos
ou talvez cotovias
Obstinados em mau agouro, mais à vontade
ao jugo das manchas sobre o papel

Hoje, porém, só vieram estas

e sequer pretendem me vigiar
embora eu gostasse de pensar que sim. Não, elas
não têm livre-arbítrio, tampouco
recursos para avaliar
o interior do pequeno apartamento sua profusão
de desacordos, destroços
e bolor avançando
para desenhar as feridas
que chamamos de espaço doméstico

Se olharem por trás da janela
é provável que não consigam distinguir móveis ou livros
e que talvez vejam apenas
a casa em sua faceta animal:
gatos e formigas
o voo angustiado da mosca-varejeira
minúsculas traças em seus casulos oblongos
que eu posso esfarelar com a unha
ou deixar que cumpram seu ciclo
até que operem furos em minhas camisas. Reflito
que estamos aqui, agora, eu e elas
porque fomos predestinadas
Talvez haja algum deus, afinal
Talvez não sejam maritacas, mas sim calopsitas
Talvez até olhem para dentro e vejam apenas
em destaque sobre fundo cromaqui
a mulher sisuda que ainda não penteou os cabelos
e que se queda longamente sobre a página em branco
de seu velho computador
enquanto espera algum milagre
que a permita
procrastinar um pouco mais

Ana C.

Então tudo o que você nos deixou

foi essa conversação em falsete
premissa de cumplicidade súbita
a parafernália da contravenção
disfarçada de dramaturgia

nenhuma história completa
e sim todos os vícios
— o ímpeto da enumeração, inclusive

Tudo bem. Aqui neste pedaço de século
— que não é o seu —
mais obsoletos do que nunca
prosseguimos empertigados ante o mistério: você é
    afinal
antepassada
        ou precursora?
Precedente pisoteando a flora
alheia às agruras do cerebelo
ou apenas uma dicção
que ainda avança
à vontade e à deriva
taticamente
    tóxica
pelo repertório imprevisível do flagrante?

Roubava
como as marés arrastam restos

de vida marinha
ou apenas enrodilhou-se
aos arbítrios de um blefe
desdenhosa porque submersa
a serpear o avesso?

O que nos deixou
foi um dar de ombros
favas contadas
    ou a nudez lasciva de vozes
    barganhando
    na água envenenada
    sob a folhagem escura?

Método

se quer de novo aquela atmosfera
vamos providenciar de volta os azulejos
superfícies esmaltadas que envolvem rugosidades
vapores e hálitos avessos
inflamáveis

como nos velhos tempos
ladrilhos
são o lugar mais apropriado
para que escorra o sangue

preservação do deslize
sem negligenciar o risco
necessário das infiltrações

a cerzidura dos rejuntes distrai os nexos
enquanto a umidade irrompe inteiriça desde o fundo
da ficção
(é disso
que estou falando)

de resgatar as distâncias viscosas as reentrâncias
que delimitam
o que é zona de urgência e o que é mero alarde
no contato
com as dissidências do ar

de olhar fixamente
para as faces espessas

e vidradas para a lembrança
da lâmina onde
ficam evidentes áreas pilosas e desgarradas
o torvelinho de calafrios
e tudo o mais daquela trama insidiosa
que durante tanto tempo permaneceu à espreita
de um invólucro
procurando
um lugar que fosse
por todos os lados
apenas
impermeável

Reta

um automóvel como uma jaula
água
da qual preciso
para partir. vê-lo — homem
embalsamável —
encouraçado pelas grades em flor
faro
na alameda escura
a dizer: aqui jaz
um coração abominável um
álibi amantíssimo
para essas dores
do desejo
partir
exige animais vivos (o sangue
secreto
de uma ave noturna)
enquanto o ar reclama
singraduras
de uma música
meramente informativa

Roteiro

O vaivém das galés contracenando com os diques
A emboscada dos ramos ao redor das vidraças
As nervuras da pedra
que enregelam o olho da atriz
   — Essencial mesmo é o cenário
     onde tudo acontece

Pouso
para que o sigilo dos saltos
fuja aos radares

para que escarpas acobertem
a possibilidade do crime
A cidade, muito ao longe,
   apenas reluz

Talvez
arvoredos esparsos
sob risco constante de incêndio
O incômodo do barro contrastando
com a arruaça da topografia

Uma nevasca
é sempre um bom começo
Por detrás da janela há uma família
de sobreviventes
Um bicho dorme, a tevê
silencia

Há esplanadas e malícias, ruínas
que definham
Porcos que zanzam gordos pela beira da estação
e crianças que voam das palafitas
atiçando aves sobre a água
por entre as ilhas
de dejetos

Ou um lugar conveniente pode ser apenas
massa de negrume condensado
Um buraco no meio da testa
Angra escura
onde a sujeira
se enrodilhe à superfície
e o herói morra
junto a outros anônimos
no ápice de uma guerra
que
    — assim como as estrelas —
parece sempre nova
apesar de muito velha

Ladeira da Glória

ele se erige como um pergaminho
em aliciante embaçamento
fazendo supor
que toda água já nasce escaldante
e, ainda assim, vibra,
a marteladas

hoje acordei
embalada por imperativos. mas foi ele quem inventou
esse cansaço labiríntico

e me trouxe aqui, com
a boca inflamada pela pressa
nos dentes, certa apreensão
— não por mordidas, mas por hálitos
categóricos

nele a ossatura se escancara a ponto de romper
com um estrondo a própria voz
e seu olhar apenas lembra
dobradiças, rosetas
cremones
e toda a sorte
de ferragens maliciosas

mas
entre nós estariam encerrados os dilemas
e as alíquotas
caso não houvesse

no trajeto do plano-
-elevado que leva a essa igreja
imaculada de tão breve (pavimentos tristes,
vidros urgentes)
um esgotamento
ávido por pontas
desenraizado de cálculos
fortuitamente lançado sobre a baía

Atributos

Gostaria de ser uma mulher
que soubesse identificar um brocado
uma cerzidura um carmesim um
adorno
em matelassê

E no entanto
no comércio
a palavra aviamentos me lembra
de que há todo um reino de malícias
que desconheço
   — penso
    não em ilhós
    mas em aves aquáticas
    artefatos explosivos

Gostaria
de poder dizer: vamos desenlaçar
o cordão do meu quimono vamos
providenciar castanhas doces
para o grande banquete
e nos deitar sob o dossel à espreita
das comissuras
que ardem na pele

Estou atada
porém
ao mundo da sonolência
e das cintilações breves

da louça quebradiça e da mixórdia
    — ao lugar
    das mulheres e bichos
    que se espatifam n'água

Conversa séria

Não é justo que você culpe tanto os homens
juliana os homens
não estão menos perdidos ou assombrados também eles
estão tentando fazer o seu melhor sabemos
como é difícil que mal tem
que não consigam preparar
a própria refeição ou cuidar da própria imundície ou
enxergar além do próprio umbigo eles não foram
acostumados a tantas coisas qual o problema
de acordarem tarde e começarem cedo
a beber e a postergar as necessidades
dos filhos todo mundo
precisa de um pouco de descanso que importa
se endeusam o próprio falo se fodem
exigindo gritos para se certificar
de como são mesmo imbatíveis se paralisam em mágoa
ante instruções quanto ao que dá e o que não dá prazer
num corpo que não é o deles por que te irrita tanto
que não se limpem que não se vistam que não aparem
os pelos eles são homens não é
da sua natureza ademais
quem nunca subjugou traiu se apossou violentou
socou a parede ante um ciúme cobrou
devoção quis fruir o melhor da vida guiado apenas
por seu próprio e cego desejo quem nunca
cobrou exclusividade no amor enquanto
cortejava às escondidas quem consegue
não dar tanto espaço para o próprio ego não urrar
quando se sente vulnerável não precisar

se envaidecer muitas vezes ao dia não é razoável
que você os critique por frequentarem debates políticos
enquanto não se importam com as mulheres que limpam
    suas privadas você
exagera são homens
e fazem mesmo piadas riem juntos
de nossas ideias e fracassos eles nos apontam
nosso lado monótono é natural e possível
conviver com isso veja se seu problema
não é algum tipo de insatisfação patológica um medo
profundo de se envolver eu vejo
como você está ficando cada vez mais sozinha e além disso
olhe esses seus fios brancos
essas unhas por fazer esse seu
sorrisinho

Tipografia

às vezes
em geral domingo
eu o vejo: coágulo
escuro massa estanque que se instaura
pedra singrando
ao redor da qual o dia vai crescendo
e apodrece

porque no centro da verdade há um viço
e eu olho simplesmente olho impossível não reparar
    camada
após camada a casca reluz seu calcário sua tez
de ogiva o brotar
das deflorações e já não somos mais
eu e você mas sim espessuras
singulares silhuetas de arvoredo passando em
    velocidade difícil
distinguir as formas por trás do vidro quando somos
    apenas
duas melodias ou melhor duas
ênfases de melodia como se disséssemos sempre
um píer não é uma margem um píer é o ponto
de ver o estuário de esperar o espalhafato
com que a água ameaça a membrana que é este domingo
    um posto
de observação onde a ideia de arbítrio extingue os
    procedimentos
familiares a este núcleo e você se torna fantasmagórico
    com sua espessura tão

diferente da minha já que estou só
com esse coágulo na mão substância órfã que aninho
    enquanto
temo o viço da verdade a mentira que não se insinua
    apenas transcorre
em sua marcha secreta um novo ponto agora talvez mais
    claro
não o coágulo em si só outra fruta
inútil apodrecendo na correnteza

Gavetas em dias difíceis

Espelhinhos amuletos esmeris
a corpulência
de pedras lascadas

ferramentas tornadas obsoletas
para o manejo de nossas chagas

Faíscas e acossamentos
transmutados em artefato

As mulheres do futuro
aludem ao tempo como um antro
performático e megalomaníaco onde se aconchegar
                              mas a aflição
simplesmente se intromete
      tão piegas
em toda obra literária ou concreta
como uma casa
que cresce ao redor dos vergalhões como
redomas
e gavetas a eloquência
do ranger de matéria se expandindo
nó contra nó íngua sobre íngua
fibras tecendo alianças
        em qualquer compartimento
        a banalidade desabrocha furiosa

        Desabrocham

meias órfãs em meio à sucata

manuscritos sob o *underware*

toda uma galáxia de chaves apócrifas
amputadas do corpo da história

iscas de carne muito viva

a picardia de garfos e facas
sem mistificações

— Tantos aprisionamentos, será que ainda
merecemos
o tempo que transcorre
como rios de lágrimas?

O olho se julga dominante
é preciso ver é preciso ver

Inclusive por isso
é preciso tirar de cena

encurralar
o que prossegue bulindo

São sempre
corpos silentes versus o verbo
O cinema
versus a margem
recém-nascida no interior de um invólucro

Guardar esquecer proteger aninhar
não são sinônimos
Mas dependendo da época
podem servir

Dependendo da época
tudo pode servir

Embora jamais saibamos
em que época estamos

E dependendo da época
talvez nada possa servir

Ainda assim esperam os objetos
feito metáforas
num grande ensaio geral
do luto impossível

Não os confunda com moscas-mortas
Parecem miudezas, são molotov

Aguardam, apenas aguardam
enganosamente impedidos
de seguir seu caminho

e no entanto aqui fora
ainda sai sangue quando a lâmina trabalha

ratos brotam

há passos no bosque

In natura

chegou a hora da prestação de contas:
às apalpadelas, de cor, ligeiro
gomo de amianto um tigre
dentro de um quadrado

à discreta contração de lábios não temos
sequer lastro de linguagem sequer
réplica e sua pouca carniça
— ao fundo só o desejo de orquidários
e uma perturbação de pernas

traiçoeira: uma única versão
que não fareje em seu reverso um último
recurso para a assepsia
mortal — rente aos pés a fabriqueta
formula estilhaços de atalhos presa
entrincheirada os olhos torpes e somente
o veludo cinza adentro do rasgo
do nome — esse

Nada mais

O que dizer?
A amendoeira já está quase inteiramente nua
e parece padecer de sutil
e indecifrável ansiedade
Não lhe afetam grandes acontecimentos
Dos longos galhos horizontais irrompem galhos
    menores e curtos
eretos em direção ao céu, feito mãos
em súplica
Cada lasca exibe um linguajar
no torso que poderia ser carvão
        — mas não é

Veios e incongruências mapeiam torções
da robusteza sobre si mesma
        — também ela
          é filha da morte

As poucas folhas que restam já não são mais amarelas e
    sim
castanho-alaranjado que pulsa como alguns pontos
    específicos da memória

aquilo que gostaríamos de lembrar
mas apenas pressentimos
chispa ou ardume atracado às borras
da lassidão infantil

Ao longo do dia as folhas vão se acumulando sobre o pátio
Pela manhã um homem de uniforme vem varrê-las
desde o interior
da exploração social

A incidência de luz se agita
eu me espreguiço com meus nós
e me curvo aos sinais
do que parece medo
ou talvez seja angústia algo que cultivo
desde cedo
como uma religião
        (raiva, jamais)

Desde que a amendoeira ficou nua tento saber mais
      sobre os meus vizinhos
Eles, porém, evitam as janelas
e já há muito pararam de ouvir música
ou de fazer ruídos com as panelas
As orquídeas sumiram mas os cipós
prosseguem se enroscando e parasitando o tronco
Os pássaros continuam pousando nos galhos nus
Gostaria de saber onde se recolhem ao fim do dia

já que só eles
conhecem a fundo
todas as horas da noite

      um dia, quem sabe, virem chagas
      e voem dos galhos, repentinos, um arroubo
      de cólera tornando a paisagem língua
      em brasa capaz de comunicar
                          coisas sem importância

Ato contínuo

Fazer das tripas
        coração
    — uma postura
    insubmissão
    ou campo de batalha
    para vir ao mundo
    com gestos
    mais antigos que nós mesmos?

Trazer à tona
   com ânsia carpideira
      — aflorar
para
restituir à dor
sua coroa de espinhos

Fazer das tripas
        coração
roendo até os sabugos
do que não seja carne
nem hipótese
de paraíso talvez
passagem secreta
tilintando sua fome
a ferro e fogo

É como dizem

É uma sentença
inesgotável e romântica entalhe

vivo talvez
batismo de sangue
para a funda linhagem: nascemos aqui
operários
é preciso

fazer das tripas
coração
desgarrado a escorraçar
a própria marcha
agourenta
pelos estopins
que levam
aos colapsos

Trazer à tona premissas
que já são rasuras:

o coração, sim
as tripas, não

Arrancar pela raiz
qualquer bocarra sua natural
apojadura
— eliminar
o que não seja contenção
ou labor mecânico a afronta
que impele o devir nunca é possível
trabalhar o necessário vamos

fazer das tripas
coração: escrever
também cansa

Punção

campanários. isso sim é uma casa
não aqui onde os objetos sequer conspiram
onde a pele não se reconhece pele
e não se engendra cápsula de outra cápsula
posse de um único mistério
com seu agravo inabalável. uma casa

requer formas como dormideiras
que se recolham à carícia quando todas as carícias
são íntimas é tão surrado reconhecer
nas paredes que a única propriedade possível
é a fuga e mais ainda o sono profundo e
que sobretudo os mais elaborados sinais de chuva
não passam de sentinelas
resfolegando seu passo de partida

esta casa
não é minha: não se alcança daqui o brejo
afetuoso ao fundo de todas as coisas
não se vê o fosso
translúcido extorquindo das frestas
as esquadrias

tampouco há cantigas
emudecedoras
quando as horas se constrangem ao toque
ou ao contato do antebraço
com o repuxo invisível do acrílico

nesta casa
(assim como em todas as outras)
só resiste a ânsia de um veneno
afogado
em seu desleixo por lãs e puxadores
um veneno tão debilitado e circunstante
inabitável
quanto a certeza de que há ainda
no mundo tanto tremor
por tão pouca terra

A *questão*

É que não sou
quem vocês pensam tampouco
sou outra como explicar
ser apenas
alguém que atravessa
meio abobalhada os escombros não sou
quem imaginam embuste
tramado no perambular nervoso das sombras
pelas lacerações é incontornável
a distância
entre o que quero e o que
sou capaz
de fazer estou cansada
do zumbido da minha própria voz não sou não
me ocorre ser ninguém dores
titubeiam ordinárias após tanto uso o passado
de que se faz literatura teima em crescer baldio e agora
lambe tornozelos com zombaria
sem jamais alcançar o sexo não
sou bela não tenho
os atributos necessários estou aqui
apenas de passagem
e me disseram
que a fuligem gruda na garganta inútil
resistir não sou poeta a pata
dos dias esmigalhou meus dedos enfurnou tudo
em dispositivos de segurança
que vão apitar
caso eu acredite

que possa restituir ossatura ao que é só
marulho acalentando destroços
não
sou aquela que esperam não fui
capaz de fazer rebentarem abscessos
nas tiranias do tempo é tudo
apenas um engano sequer é este
um país não conto
com sangue frio o bastante
para ocultar adagas e porretes
sob o uniforme da obediência eu
me conformo e vivo
acomodada à casca como o caranguejo
que submete a carne à carapaça
alerta ao rumor dos alagadiços é
impossível escrever paraliso
com a pele das mãos trincadas
após o manuseio de tantos papéis
institucionais e arquetípicos e urgentes não posso
ser poeta não sou
dada às lutas corporais prefiro
me aferrar
aos pressentimentos
vagos como uma tábua
de salvação não disponho
de talento para a poesia é raro
que eu esteja de fato presente em geral
me distraio com a cabeça em outra coisa
e mal consigo disfarçar minha natureza
não dispõe de fúria ou alvoroço suficiente
para disparar no labirinto
que ao mesmo tempo conduza

e livre dos incêndios da sintaxe além disso
já tenho trabalho demais
para cerzir minha armadura de escrúpulos
com a qual possa bailar indiferente não
sou poeta não apenas
ouvi um estrondo
e tentei descobrir de onde vinha

Uma voz interior
que dissesse: as amuradas, as inundações
Não sei se a quero ou se ela apenas desliza
rumo às placas tectônicas
não em off, mas
desmesurada
Seu destino
é habitar o fosso
onde o capim cresce e esperneiam
os monstros sinuosos (também deles
é o mundo)
Uma voz interior
e seu coração de lata: última bala
na agulha

Copyright © 2023 Juliana Krapp

Todos os direitos reservados. Nenhuma parte desta obra pode ser reproduzida, arquivada ou transmitida de nenhuma forma ou por nenhum meio sem a permissão expressa e por escrito da Editora Fósforo e da Luna Parque Edições.

EQUIPE DE PRODUÇÃO
Ana Luiza Greco, Fernanda Diamant, Isabella Martino, Julia Monteiro, Leonardo Gandolfi, Marília Garcia, Rita Mattar, Zilmara Pimentel
REVISÃO Eduardo Russo
PROJETO GRÁFICO Alles Blau
EDITORAÇÃO ELETRÔNICA Página Viva

A marca FSC® é a garantia de que a madeira utilizada na fabricação do papel deste livro provém de florestas gerenciadas de maneira ambientalmente correta, socialmente justa e economicamente viável e de outras fontes de origem controlada.

Dados Internacionais de Catalogação na Publicação (CIP)
(Câmara Brasileira do Livro, SP, Brasil)

Krapp, Juliana
Uma volta pela lagoa / Juliana Krapp. — 1. ed. — São
Paulo : Círculo de poemas, 2023.

ISBN: 978-65-84574-88-5

1. Poesia brasileira I. Título.

23-150775   CDD — B869.1

Índice para catálogo sistemático:
1. Poesia : Literatura brasileira   B869.1

Eliane de Freitas Leite — Bibliotecária — CRB-8/8415

circulodepoemas.com.br
lunaparque.com.br
fosforoeditora.com.br

Editora Fósforo
Rua 24 de Maio, 270/276, 10º andar
01041-001 — São Paulo/SP — Brasil

CÍRCULO *Luna Parque* DE POEMAS *Fósforo*

LIVROS

1. Dia garimpo
Julieta Barbara

2. Poemas reunidos
Miriam Alves

3. Dança para cavalos
Ana Estaregui

4. História(s) do cinema
Jean-Luc Godard
(trad. Zéfere)

5. A água é uma máquina do tempo
Aline Motta

6. Ondula, savana branca
Ruy Duarte de Carvalho

7. rio pequeno
floresta

8. Poema de amor pós-colonial
Natalie Diaz
(trad. Rubens Akira Kuana)

9. Labor de sondar [1977-2022]
Lu Menezes

10. O fato e a coisa
Torquato Neto

11. Garotas em tempos suspensos
Tamara Kamenszain
(trad. Paloma Vidal)

12. A previsão do tempo para navios
Rob Packer

13. PRETOVÍRGULA
Lucas Litrento

14. A morte também aprecia o jazz
Edimilson de Almeida Pereira

15. Holograma
Mariana Godoy

16. A tradição
Jericho Brown
(trad. Stephanie Borges)

17. Sequências
Júlio Castañon Guimarães

PLAQUETES

1. Macala
Luciany Aparecida

2. As três Marias no túmulo de Jan Van Eyck
Marcelo Ariel

3. Brincadeira de correr
Marcella Faria

4. Robert Cornelius, fabricante de lâmpadas, vê alguém
Carlos Augusto Lima

5. Diquixi
Edimilson de Almeida Pereira

6. Goya, a linha de sutura
Vilma Arêas

7. Rastros
Prisca Agustoni

8. A viva
Marcos Siscar

9. O pai do artista
Daniel Arelli

10. A vida dos espectros
Franklin Alves Dassie

11. Grumixamas e jaboticabas
Viviane Nogueira

12. Rir até os ossos
Eduardo Jorge

13. São Sebastião das Três Orelhas
Fabrício Corsaletti

14. Takimadalar, as ilhas invisíveis
Socorro Acioli

15. Braxília não-lugar
Nicolas Behr

16. Brasil, uma trégua
Regina Azevedo

17. O mapa de casa
Jorge Augusto

Você já é assinante do Círculo de poemas?

Escolha sua assinatura e receba todo mês em casa nossas caixinhas contendo 1 livro e 1 plaquete.

Visite nosso site e saiba mais:
www.circulodepoemas.com.br

Este livro foi composto em GT Alpina e GT Flexa e impresso pela gráfica Ipsis em maio de 2023. Colar o ouvido à concha porque nós também precisamos roçar a boca de alguma fundura.